Gilbert **Delahaye** ◆ Marcel **Marlier**

martine

L'arche des animaux

Texte de Jean-Louis Marlier

casterman

• Découvre les personnages de cette histoire •

Martine

Joyeuse et curieuse, Martine adore s'amuser avec ses amis et son petit chien Patapouf. Ensemble, ils découvrent le monde et vivent de véritables aventures. Une chose est sûre : avec Martine, on ne s'ennuie jamais !

Yann

Le grand cousin de Martine. Il habite une maison à la lisière de la forêt et observe les animaux qui y vivent en liberté.

Patapouf

Ce petit chien est un vrai clown ! Il fait parfois des bêtises… mais il est si mignon que Martine lui pardonne toujours !

Martine passe le week-end chez son cousin Yann.
Avec lui, pas de balançoire ou de bac à sable dans le parc voisin, il n'aime que la vraie nature et la forêt sauvage.

– Si la tempête veut bien s'arrêter de souffler, annonce-t-il, demain je te montrerai des biches, des écureuils et même des sangliers !

– Tout va bien ? s'inquiète maman au téléphone.

– Oui, répond Martine. Il y a une grosse tempête, mais la météo annonce que ce sera terminé demain. La journée sera belle et on pourra se promener.

« Impossible de dormir avec ce vacarme… » pense Martine, tard dans la nuit.

Dehors, le vent fait claquer les volets, la maison vibre comme si elle voulait se soulever.

– Yann ! dit Martine, tremblante.

Mais rien à faire, son cousin dort à poings fermés…

« Si lui n'a pas peur, moi non plus ! se dit la fillette. Je vais me blottir dans mon lit et rêver à tous les animaux que nous verrons demain. »

Le lendemain matin, le ciel est tout bleu.

– La météo avait raison ! se réjouit Martine.

– Prête pour la balade ?

– Oui ! J'emporte mes jumelles !

À peine sortis, les cousins aperçoivent une forme derrière les buissons.

– Là-bas ! fait Yann.

– C'est une biche ? questionne Martine avec espoir.

– Non, j'aperçois une corne… Un sanglier, peut-être ?

Martine s'accroupit et scrute le sous-bois avec ses jumelles.

– Ça alors ! s'écrie-t-elle soudain.

– Qu'est-ce que tu as vu ?

– Un animal énorme… avec deux cornes !

Son cousin prend les jumelles.

– Pas possible… souffle-t-il en pâlissant. Vite, Martine, il faut s'éloigner !

Mais la fillette, intriguée, le retient.

– Attends, dit-elle, je veux le regarder encore… Oui, c'est bien un rhinocéros ! Incroyable !

– Je me demande pourquoi il ne bouge pas… murmure Yann.

– Regarde ses pattes ! Il s'est enfoncé dans la boue.

– Mieux vaut quand même s'éloigner. Suis-moi !

Et les deux cousins s'enfuient, encore stupéfaits de leur découverte.

Au bout d'un moment, Yann sort une carte et une boussole.

– En suivant ce chemin, on trouvera la maison du garde forestier. Il faut lui signaler ce qu'on a vu.

– Justement, une voiture ! C'est peut-être lui ?

Martine s'élance vers le véhicule.

– Monsieur le garde ! AAaaah !

À la place du conducteur, Martine tombe nez à nez avec… un gorille !

– Tu voulais me parler ? demande une voix quelques mètres plus loin.
Martine se retourne. Le garde forestier ! Et dans ses bras…
un énorme lion !
– La tornade de la nuit dernière a détruit le décor du plateau de tournage, explique l'homme. Depuis ce matin, je cours derrière les animaux !
– Un tournage ? Alors ces animaux sont des… faux ? questionne Martine.
– Bien sûr ! Ils ont été fabriqués pour le film *L'Arche de Noé* qui se tourne ici. Vous n'en avez pas entendu parler ? Allez voir le pauvre accessoiriste là-bas, il vous en dira plus.

Martine et Yann se dirigent donc vers l'homme assis sur les marches d'un petit kiosque. La tête entre les mains, il semble désespéré.

– Quel désastre, quel désastre ! répète-t-il sans cesse.

– Bonjour Monsieur, dit Martine. Pouvons-nous vous aider ?

– M'aider ? La tempête a dispersé tous les animaux que j'avais loués pour ce film. On ne les retrouvera jamais à temps pour le tournage…

– Bien sûr que si ! dit Martine. Mon cousin et moi, on va vous aider !

Yann et Martine se lancent alors dans un drôle de safari ! Il faut dénicher toutes sortes d'animaux parmi les arbres et les buissons… et en seulement quelques heures !

– Là, sous la cascade ! lance Martine.

– Un ours ! Aide-moi à le sortir de l'eau !

Les gros animaux sont faciles à trouver. Mais les petits…

– Il faut regarder sous chaque feuille, soupire Yann. À nous deux, on n'y arrivera jamais !

– Le petit train ! s'écrie Martine.

Si tous les passagers nous aident, les recherches iront plus vite !

Tout le monde accepte ! Sans attendre, les enfants se mettent à fouiller les moindres recoins de la forêt.

– Cherchez bien ! conseille Martine. Il manque des pélicans, des singes, des cochons…

– Une boule de poils roux coincée
sous une branche ! s'exclame Martine.
C'est un renard !
– Dégageons-le ! décide Yann.
– Heureusement qu'il est faux…
dit une petite fille, venue les aider.
Mais quand Martine le prend
dans ses bras, elle s'étonne :
– Il est tout chaud ! Et tellement
doux…

Hop !

Le renard saute des bras de Martine et s'enfuit à toutes pattes !

– C'était un vrai ! Quand je pense que je l'ai tenu contre moi…

Yann rit.

– Il nous reste à trouver un raton laveur et un fennec, dit-il en consultant la liste que lui a laissée l'accessoiriste. Voilà à quoi ils ressemblent, si tu n'en as jamais vu.

– Le voilà, accroché
au pont ! s'écrie Yann
en montrant le raton laveur
quelques mètres plus loin.
Je me demande comment
il a atterri là…
– Pourvu qu'il ne dégringole pas… Sinon le courant l'emportera !
– Je n'ai pas le vertige, je vais essayer de l'attraper…
En quelques minutes, Yann a accompli sa mission !

Des enfants font signe aux deux cousins.

– Il y a quelque chose coincé dans ce filet ! Ici ! En haut du toboggan !

Martine escalade le pont de corde. La pente est très raide, mais elle n'a pas peur.

– C'est le fennec ! se réjouit-elle en découvrant l'animal à longues oreilles. Viens ici, mon petit, il est temps de rejoindre tes copains !

Pour descendre, pas besoin de faire demi-tour : il suffit d'emprunter le grand toboggan !
– Attention, je prends mon élan… dit Martine. À la une, à la deux, à la trois !
Youhouuuu ! En moins de cinq secondes, tout le monde est en bas !

L'immense bateau construit pour le film a retrouvé ses figurants.

– Tu vois, Patapouf, ils vont pouvoir le faire, ce film. Tous les animaux du monde sont là, dit fièrement Martine.

– Ouaf ! Ouaf ! s'indigne Patapouf.

– Oh ! Mais tu as raison… Pas de petit chien sur ce bateau ! Allez, tu en meurs d'envie, vas-y vite… Et fais un beau sourire à la caméra !

Retrouve martine dans d'autres aventures !

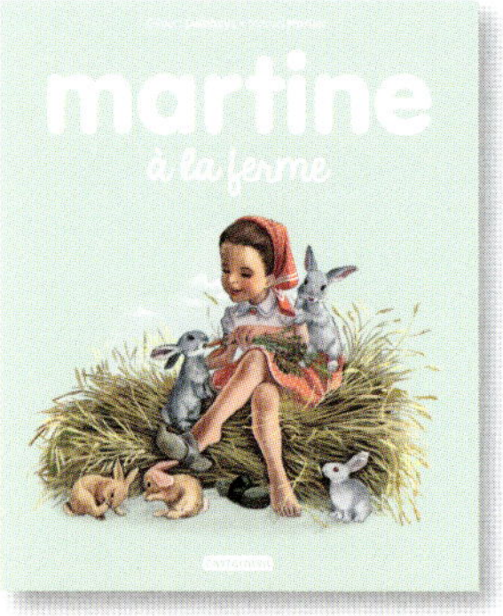

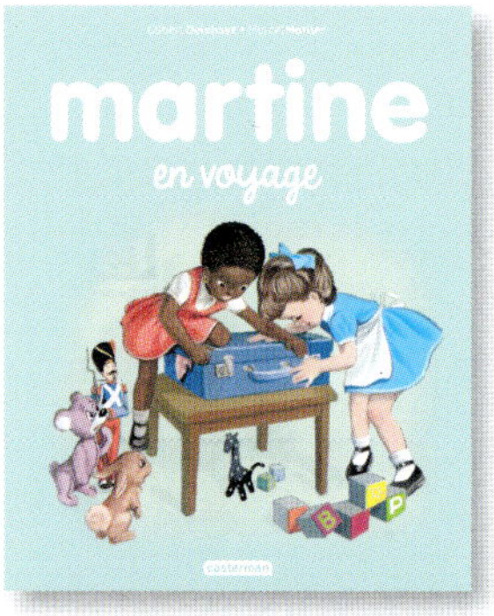

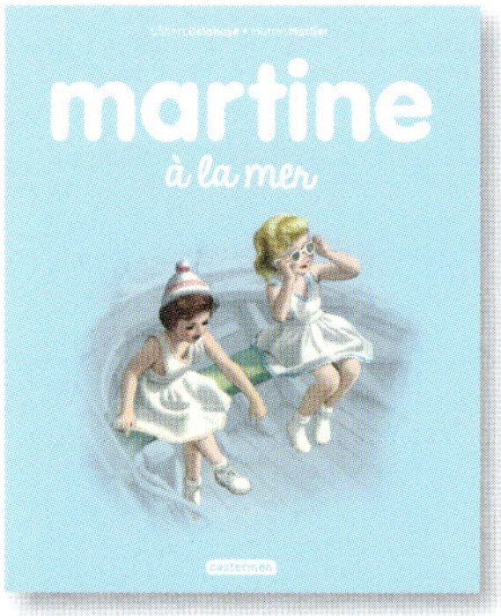

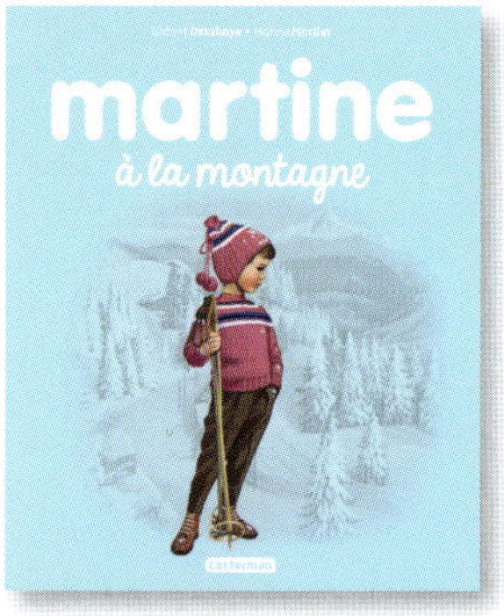

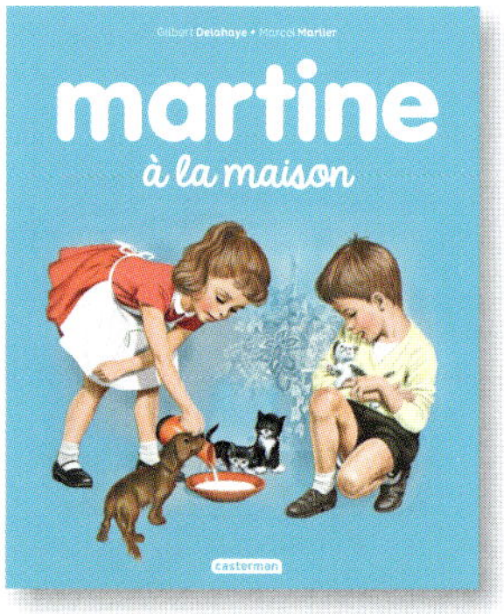

martine
garde son petit frère

Gilbert Delahaye • Marcel Marlier
martine
fête son anniversaire
casterman

martine
jardine

martine
fait du vélo
casterman

martine
petit rat de l'opéra

martine
à la fête des fleurs
casterman

martine
fait la cuisine
casterman

martine
apprend à nager
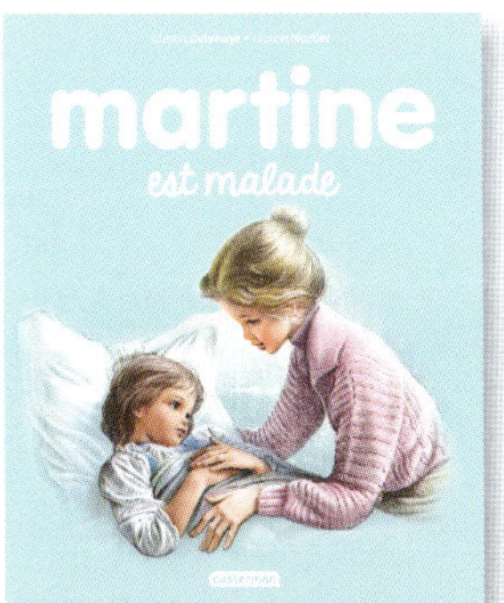
martine
est malade

martine
en vacances
casterman

martine
prend le train
casterman

martine
fait de la voile

martine
fête maman

martine
à l'école

martine
découvre la musique
casterman

martine
a perdu son chien

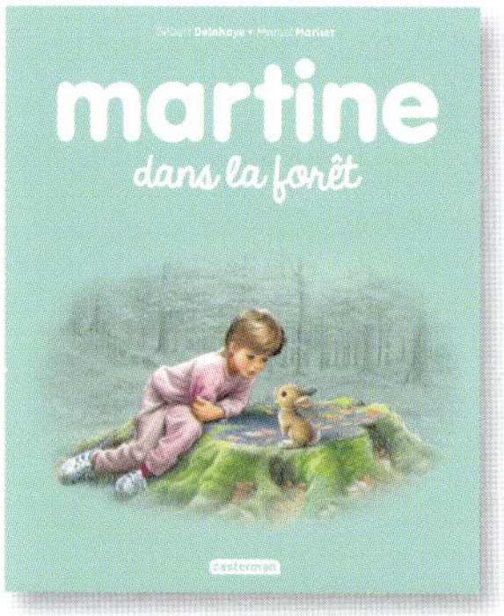
martine
dans la forêt
casterman

martine
et le cadeau d'anniversaire
casterman

martine
un mercredi pas comme les autres
casterman

martine
la nuit de Noël
casterman

martine
se déguise
casterman

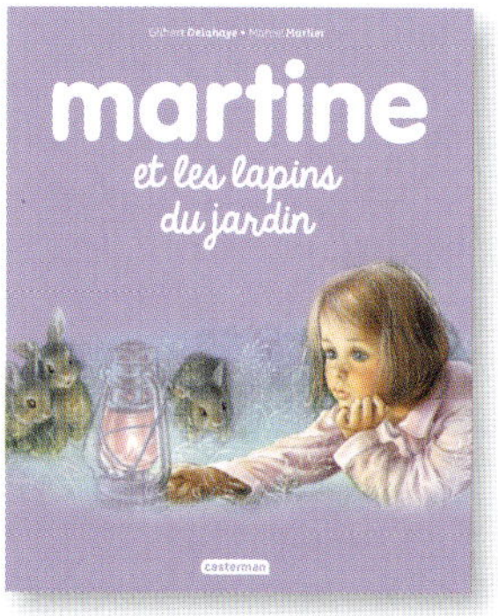
martine
et les lapins du jardin
casterman

martine
baby-sitter
casterman

martine
au pays des contes
casterman

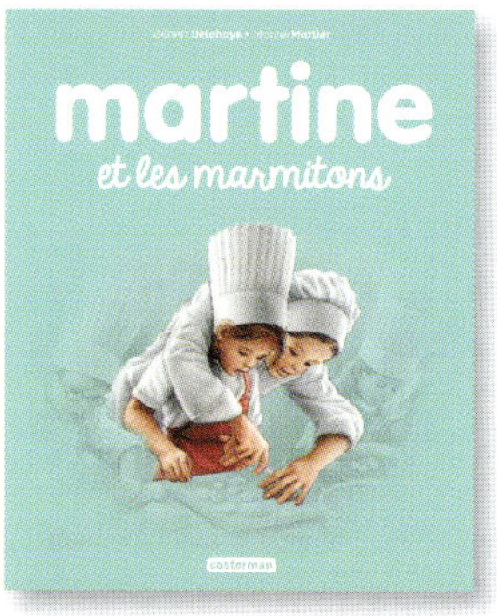
martine
et les marmitons
casterman

martine
prépare une surprise
casterman

martine
l'arche des animaux
casterman

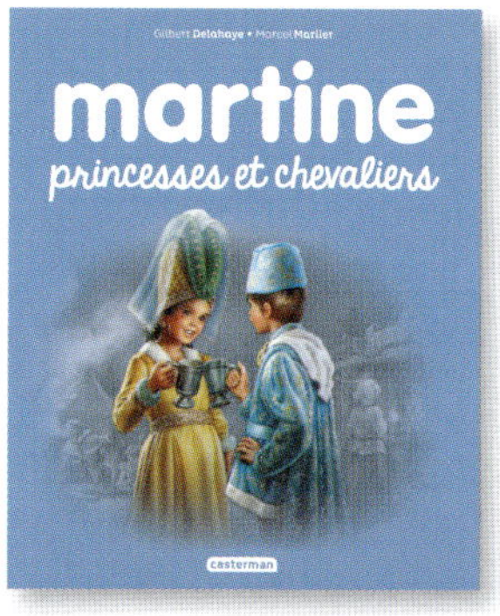
martine
princesses et chevaliers
casterman

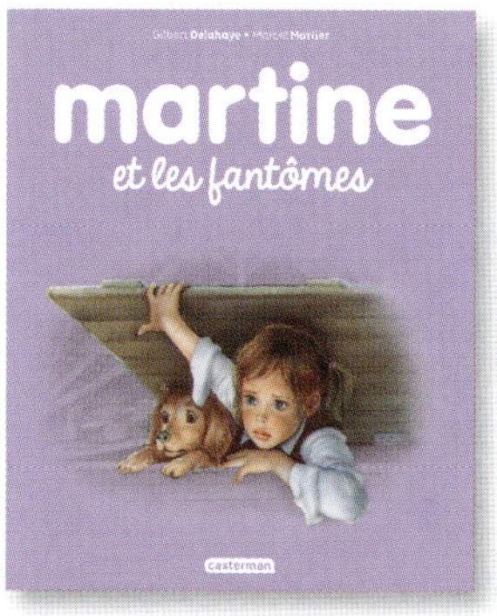
martine
et les fantômes
casterman

martine
un amour de poney
casterman

martine
la dispute
casterman

martine
drôle de chien !
casterman

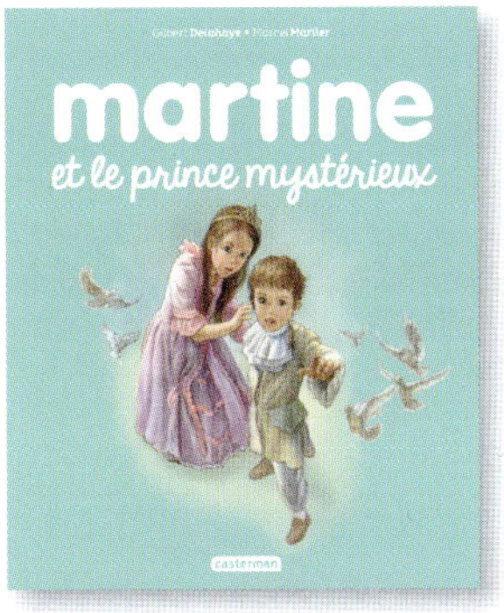

Casterman
Cantersteen 47
1000 Bruxelles

www.casterman.com

ISBN : 978-2-203-10679-6
N° d'édition : L.10EJCN000493.C002

D'après les albums de Gilbert Delahaye et Marcel Marlier.
Achevé d'imprimer en décembre 2016, en Italie.
Dépôt légal : mars 2016 ; D.2016/0053/98
Déposé au ministère de la Justice, Paris (loi n°49.956
du 16 juillet 1949 sur les publications destinées à la jeunesse).